LES

THÉATRES

DE

LA PROVINCE

LETTRE

A MONSIEUR CAMILLE DOUCET,

DIRECTEUR DE L'ADMINISTRATION DES THÉATRES

AU MINISTÈRE DE LA MAISON DE L'EMPEREUR ET DES BEAUX-ARTS,

PAR

FERNAND LAGARRIGUE,

RÉDACTEUR LITTÉRAIRE DE *L'AIGLE* DE TOULOUSE.

MONTPELLIER

DE L'IMPRIMERIE DE JEAN MARTEL AÎNÉ,

RUE DE LA CANABASSERIE, 2.

1863

Y

LES

THÉATRES

DE

LA PROVINCE

LETTRE

A MONSIEUR CAMILLE DOUCET,

DIRECTEUR DE L'ADMINISTRATION DES THÉATRES
AU MINISTÈRE DE LA MAISON DE L'EMPEREUR ET DES BEAUX-ARTS,

PAR

FERNAND LAGARRIGUE,

RÉDACTEUR LITTÉRAIRE DE *L'AIGLE* DE TOULOUSE.

MONTPELLIER

DE L'IMPRIMERIE DE JEAN MARTEL AÎNÉ,

RUE DE LA CANABASSERIE, 2.

1863

A LA PRESSE SPÉCIALE.

Si le projet que je mets en avant dans les pages qui composent cette brochure paraît mériter votre appui, après l'avoir revu, corrigé, augmenté ou abrégé, — car je vous le livre pieds et poings liés, — recommandez-le avec persévérance à l'Administration, étudiez-le dans vos colonnes ; faites que vos lecteurs soient nos auxiliaires, qu'ils nous aident, qu'ils hâtent enfin l'ère de la réorganisation.

Sans le concours de la Presse spéciale, que puis-je ? Rien. Avec elle, grâce à sa protection, grâce surtout au développement qu'elle seule peut donner aux questions seulement indiquées dans cette brochure, mon système sera compris et apprécié comme je crois qu'il mérita de l'être. Je ne veux pas des éloges d'amis ou de confrères complaisants. Je demande que justice soit faite à une opinion qui ne s'est formée qu'après plusieurs années d'un consciencieux examen. Est-elle bonne ? C'est à vous de décider.

LES THÉATRES DE LA PROVINCE.

LETTRE

A MONSIEUR CAMILLE DOUCET,

DIRECTEUR DE L'ADMINISTRATION DES THÉATRES

AU MINISTÈRE DE LA MAISON DE L'EMPEREUR ET DES BEAUX-ARTS.

MONSIEUR ,

Je lisais , il y a quelques jours , dans le remarquable Rapport prononcé par M. Valnay, le 15 juin, à l'assemblée générale des Artistes dramatiques, les lignes suivantes , que j'ai plaisir à reproduire ici :

« M. Camille Doucet, chef de la division des théâtres au ministère d'État , nous a, comme toujours, aidés et protégés avec cette obligeance inépuisable que nous nous sommes si facilement habitués à rencontrer en lui.

Cette année, les circonstances nous ont obligés d'avoir recours, trop souvent peut-être, à sa cordiale intervention : jamais elle ne nous a fait défaut. M. Camille Doucet écrivait dernièrement à votre Comité : « Depuis » long-temps déjà, mes fonctions administratives et » mes relations personnelles m'ont fait connaître, aimer » et estimer les artistes dramatiques. » Ce témoignage d'affection nous est bien cher, bien précieux, bien consolant surtout. »

Solliciter votre bienveillante attention sur l'état actuel de nos Scènes départementales et sur la classe intéressante des Comédiens condamnés par un concours multiple de circonstances à ne jamais sortir de la sphère modeste dans laquelle ils vivent, c'est, — permettez-moi d'émettre cet espoir, qui est aussi mon vœu le plus cher, — avoir la certitude que vous daignerez accueillir avec bienveillance les quelques réflexions que je prends la liberté de vous soumettre.

Dans les pages qui vont suivre, il ne sera pas plus question de l'influence du Théâtre contemporain sur les mœurs que sur les tendances hardies et généreuses tout à la fois des Classiques et des Romantiques. J'éviterai aussi, et pour cause, tout ce qui touche à la statistique. Il m'importe peu ; en effet, de connaître au juste l'héritage que nous lègue un état de choses trop souvent désordonné. Cet enseignement ne serait qu'un hors-d'œuvre aussi inutile que tous ces fatras d'érudition hypothétique, le plus beau titre de gloire de certains Archéologues fameux qui règlent leurs convictions sur des chimères de leur esprit entachées de pédantisme.

En économie politique, la statistique est une science qui fait souvent autorité. C'est par la statistique qu'on apprécie la richesse d'un pays, l'importance de son commerce, le progrès de son industrie, la situation exacte de son agriculture.

En économie *artistique*, si je puis ainsi dire, la statistique n'apprend rien, parce qu'elle ne peut rien apprendre. Sans doute, il n'en sera plus ainsi une fois que nos Théâtres des départements seront tous soumis à une règle commune et uniforme. Mais, dans l'état, est-ce qu'il serait raisonnable de déclarer Lyon peu favorable aux entreprises dramatiques, parce que la colonne des recettes est, cette année, inférieure à celle des frais généraux ? Quelle sera notre opinion sur les Marseillais, amateurs éclairés et constants de la musique et des poignantes émotions du drame populaire, si nous examinons les résultats, rien moins qu'enviables, acquis dans ces derniers temps par les hommes d'initiative appelés tour-à-tour à jouir des immunités du privilége ministériel?

La statistique n'a donc rien à faire ici ; elle ne nous éclairerait pas sur le sujet que nous nous sommes proposé de traiter ; elle l'embrouillerait si bien avec ses chiffres, ses fractions infinitésimales, que, de conséquence en conséquence et de déduction en déduction, notre plume écrirait tout le contraire de ce que nous devons vous dire.

Par ces calculs et ces froides analyses, la plupart des Villes des Départements nous sembleraient inhospitalières au génie de Molière, à l'esprit de Scribe, à la grâce et au charme tout français de Boïeldieu, Hérold et Auber ; nous en arriverions, sans y prendre garde, à crier avec Caton l'Ancien : *Delenda Carthago!*

Certes, il n'est pas rare de lire, dans les journaux et ailleurs, qu'à Paris seulement l'Art dramatique peut vivre désormais en millionnaire. Des hommes de goût soutiennent cette autre thèse : Les Théâtres de la Province sont mal administrés ; les Artistes de la Province sont paresseux, inhabiles, exigeants sur la question des appointements ; leur conduite est irrégulière, souvent scandaleuse; plus souvent encore elle se déconsidère par des dettes criardes chez tous les fournisseurs assez imprévoyants pour servir ces oiseaux voyageurs sans réclamer au préalable quelques garanties.

Nous allons examiner rapidement cet acte d'accusation, aussi complexe que celui d'un procès criminel.

Il est faux, d'abord, que les Scènes de Paris soient comparativement plus prospères que celles des Départements. Je n'ai pas le droit de projeter la grande lumière de la publicité sur des livres de comptes de Directeurs souvent redevables d'un arriéré très-compromis envers leurs pensionnaires. A la vérité, ces cas sont rares; ils se produisent, et c'est assez pour que nous ayons le droit de les rappeler.

En dehors des fortifications, les entreprises artistiques subissent absolument les mêmes destinées que leurs sœurs hautaines des boulevards parisiens. Depuis qu'il est convenu que le théâtre est l'école du peuple, le portique d'Athènes, où le gandin de 1863, emmaillotté dans la peau du lion à la longue crinière qui florissait sous le ministère Molé, vient tous les soirs admirer la jambe fine et cambrée d'une danseuse en vogue,

2

tandis que le modeste prolétaire reste attentif aux dissertations sans fin de la pêche à quinze sols de M. Alexandre Dumas fils ; depuis ce moment, la Ville la plus déshéritée, la moins sujette aux convoitises des Cités reines et orgueilleuses qui l'avoisinent, a quelque part une salle à double galerie, coupée au milieu et faisant vis-à-vis à un étage supérieur où des Comédiens se livrent à l'exercice licite de leur profession.

Une preuve évidente de l'heureuse situation de ces entreprises, encouragées et soutenues partout par les Administrations municipales, c'est que les faillites, les résiliements sont des exceptions peu fréquentes à la prospérité générale. Nous croyons être en dessous de la vérité en avançant qu'en France, — la Savoie, le comté de Nice, la Corse et l'Algérie compris, — les priviléges directoriaux en plein exercice dépassent trois cents. Quels désastres ont obscurci cette année le ciel tout rayonnant de soleil que je vous montrais tout-à-l'heure? C'est à peine si cinq ou six gestions ont été difficiles et laborieuses.

De ce que j'avance, il ne s'ensuit pas que tout soit pour le mieux. Par la correspondance, si intéressante pour moi, que j'ai eu l'honneur d'entretenir avec vous;

Monsieur , vous êtes amplement édifié sur la façon toute particulière dont j'envisage ce côté principal de mon sujet. Les Théâtres de la Province ne disparaîtront pas comme par enchantement, si on ne modifie pas bientôt leurs conditions d'existence ; mais je suis convaincu qu'ils végèteront, acculés dans une impasse , et que leur ruine, pour être lente à venir, ne se produira pas moins dans un temps donné.

Le Public est un grand enfant qui s'amuse d'abord des jouets qu'on lui met entre les mains ; plus tard, pour se rendre compte du mécanisme ingénieux qui produit la chute d'eau d'une cascade, le passage d'un train de chemin de fer sur un viaduc, les cris éraillés de *pa-pa,* de *ma-man,* il brise le joujou et le rejette sous le meuble le plus voisin. Voulez-vous adoucir son caractère, le corriger pour l'améliorer, ce n'est pas en le laissant son maître que les progrès espérés se produiront. On dévie les rivières en remontant jusqu'à leur source, on redresse l'arbre alors qu'il n'est encore qu'arbrisseau. L'inconstance du Public s'invétère dans son esprit, si des moyens énergiques ne combattent dès le principe cette lèpre de dégoût et de scepticisme qui est la paralysie du sentiment et de la libre faculté de l'appréciation.

Quant au second grief imputé à nos Directeurs prétendus incapables pour la plupart, et aux Artistes réputés nonchalants à l'excès et prodigues à l'envi, je ne le juge pas mériter une grande attention. Des faits sont là, ils répondent d'eux-mêmes à ces reproches. La belle affaire d'être jugés par des hommes de parti pris ! Chez certains, la Critique ne se propose pas pour but de rendre meilleurs ceux à qui elle s'adresse ; elle est le bois vert de Scapin qui s'abat sur toutes les épaules indistinctement. Tandis que la Bourse est l'objet d'une admirable attention, les spéculations moins matérielles, qui empruntent leur intérêt à des résultats artistiques et littéraires espérés, sont délaissées par ceux-là dont le concours nous serait le plus utile. Le 3 p. %₀ est le dieu du jour; mais l'Art, dans l'acception la plus large du mot, est une idole qu'il faut bien vite renverser de son piédestal. Chaque fluctuation du cours de la rente ou du marché des actions et obligations est sainement appréciée. Quand un de nos potentats de la pièce de cent sous, de la livre sterling, de la couronne d'Autriche, de la lyre italienne ou de l'once espagnole, entre dans une de nos salles de spectacle, que ce soit à Pézenas ou à Narbonne, à Saint-Pons ou à Carpentras, il veut que les Artistes de ces scènes en miniature,

paradant entre deux coulisses boîteuses, devant quelques vieux amateurs qui ont applaudi dans leur
jeunesse les vers de Nivelle de La Chaussée ou les tra-
giques amours de Didon chantées par M. Lefranc de
Pompignan; il veut, disons-nous, des Gueymard, des
Roger, des Tamberlick, ou mieux encore les beaux
décors de l'Opéra, avec un orchestre qui ne le cède ni
en mélodie ni en sonorité à celui des Italiens. Il lui importe peu de savoir si ses exigences ne sont pas quelque
peu trop outrecuidantes. N'était-il pas à Paris naguère?
Grâce aux sympathiques accords des exécutants qui
tiennent leurs parties aux pupîtres de l'Académie im-
périale ou d'ailleurs, il a passé une délicieuse soirée.
MMmes. Alboni et Viardot l'ont ravi par leurs vocalises
pures, faciles et correctes. Pourquoi le Théâtre de
Carpentras ne possèderait-il pas des talents de cette
supériorité, des *divas* de cette rare élégance?...

Ah! Monsieur, que ne vous arrachez-vous quelquefois aux occupations qui vous tiennent à Paris, pour
visiter nos Villes des Départements, voir et entendre
par vous-même ce qui s'y dit et ce qui s'y fait?....
La réorganisation à laquelle on travaille en ce
moment, m'avez-vous fait l'honneur de me dire, est

nécessaire, indispensable. Elle est commandée impérieusement à Son Excellence le Ministre de la Maison de l'Empereur et des Beaux-Arts par les rapsodies qui gagnent les esprits, les étreignent et les aveuglent. La Province prétend dicter ses lois aux Directions théâtrales ; et, vraiment, elle en est encore à se prévaloir d'une inconcevable arrogance, tandis qu'elle exagère à plaisir un orgueil qui n'a son excuse que dans l'ignorance de ceux qui l'entretiennent !

Sur la pente fatale où nous nous trouvons, les choses les plus simples, celles qui mériteraient le moins qu'on s'en occupât, prennent bien vite d'effrayantes proportions. La réussite d'un Directeur, l'admission d'un Artiste, dépendent souvent du caprice d'une coterie, d'un ressentiment tout personnel. Sommes-nous parfaitement les maîtres de nos sensations quand on en appelle à notre justice pour prononcer sur le sort d'un Comédien ? Nous jugeons toujours ou presque toujours par comparaison, sinon avec parti pris ! Est-il possible, je vous le demande, MONSIEUR, de porter une opinion équitable sur le mérite d'un Chanteur ou d'un Artiste dramatique, quand on compare les aptitudes dont il vient de donner des preuves à celles d'un de ses prédécesseurs ? Les hommes d'aujourd'hui valent-ils ceux d'hier ? Je m'en rapporte à nos Pères. Consultez-les ! Ils n'en auront jamais fini si vous les laissez vous raconter les vaillances, les exploits de ceux qui nous ont précédés. Le passé donne des regrets, tandis que le présent n'est jamais tel que nous le désirerions. L'œuvre de l'avenir semble se résumer à mettre le comble à nos déceptions et à nos regrets de l'heure qui s'écoule !....

Arrivé à ce point de mon travail, il est bon d'entrer franchement et résolûment dans ce qui constitue à mes yeux la partie la plus importante de cette Lettre.

Je vous l'écrivais, MONSIEUR, il y a tantôt trois mois : nos Scènes départementales, aidées dans leurs efforts, si dignes d'encouragement, par les ressources des Municipalités, paraissent toutes décidées à ne reculer devant n'importe quel sacrifice intellectuel ou financier pour répondre à l'attente du Public. Sur tous les points de notre France, riche aujourd'hui au-dedans, forte et glorieuse dans le monde entier, l'Art dramatique a fait élection de domicile. Mais le Veau-d'or est le dieu du jour ! Que n'adorerait-on aussi et avec la même ferveur ces Muses bienfaisantes qui ont toujours pour nous de nouvelles caresses et de nouveaux sourires ! La fortune est sans doute un moyen que tout le monde

doit envier. Pour ceux qui se trompent au point
de croire que le bonheur réside au milieu de leurs
trésors, pour ceux-là dont la richesse est un but, je
voudrais qu'à cette complicité permanente de leur
oisiveté tracassière et du fétiche devant lequel ils se
prosternent, ils perdissent cette égalité qui leur permet
dans le monde de se mêler à nous et de nous emprunter,
pour mieux tromper les spectateurs de leur comédie,
nos aspirations et nos joies immatérielles.

Comme cet enfant auquel je le comparais, quelques
pages plus haut, l'éducation du Public de la Province,
je le répète, n'est qu'ébauchée; nous en sommes toujours aux premiers rudiments. Le pire en ceci, c'est
qu'on nous laisse livrés à nous-mêmes !....

Vous avez vu avec quelle complaisance j'ai défendu
nos Directeurs. Je suis peut-être naïf, mais je les tiens
pour honnêtes, intelligents, dévoués. Ces qualités-là
méritent assurément d'être prises en très-sérieuse considération. Il n'en faudrait pas conclure pourtant qu'elles
sont les seules indispensables. A un marchand de den-
rées coloniales, de cotonnade ou de ferblanterie, pour
si soupçonneux que je puisse être, j'accorderais volon-

tiers ma confiance s'il est dur à la besogne et ponctuel
quand la tyrannie de l'échéance lui fait préférer la considération de son banquier aux sympathies de l'huissier
de commerce. Mais un directeur de théâtre n'est il vraiment qu'un industriel vendant du Rossini à défaut de
fritures, du D'Ennery ou du Paul Féval plutôt que de
la cire vierge ou du chocolat à la crême? L'entrepreneur
d'une troupe lyrique et dramatique a, ce me semble,
une responsabilité bien plus grande envers l'Autorité
et le Public que le marchand de vin assis derrière son
comptoir. L'honorabilité de sa conduite, je ne la discute
pas; il est intelligent, il est dévoué quand il s'agit de
contenter son Public : bien, très-bien ! N'a-t-il pas
ou ne devrait-il pas avoir près de lui un mandataire
spécial de votre division chargé d'examiner de près
son administration et de vous rendre compte ensuite
du résultat de ses études? C'est ce que nous verrons
plus loin.

Les Artistes des Départements élèvent aujourd'hui
des prétentions jusqu'ici inconnues. Le répertoire contemporain les oblige, à la vérité, à des travaux de
mémoire qui ne sont pas très-récréatifs, je n'en dis-
conviens pas. Les spectateurs de Rouen, de Lille, de

3

Nantes, de Marseille ou de Montpellier revendiquent les mêmes scrupules, envoient aux sombres bords du Styx les mêmes médiocrités, réprouvent les mêmes défauts, condamnent les mêmes incorrections. Les grandes Villes comptent rarement dans leur personnel des Chanteurs ou des Comédiens que le Public des centres moins importants avouerait supérieurs à ses prétentions. Tout est confondu désormais. Il arrive par contre que les appointements qui restent stationnaires à Paris et dans nos Théâtres de premier ordre s'accroissent pour les Directeurs des Scènes moins importantes. Ma Sous-Préfecture n'a-t-elle pas son fort ténor et sa chanteuse Stolz, à l'instar de Nîmes, Strasbourg ou Toulouse ? Troupe de grand opéra, troupe d'opéra comique, troupe de drame, de comédie, de vaudeville, ballet, voilà ce qu'il nous faut ; si vous décrétez le contraire, qu'on brûle nos vaisseaux, qu'on convertisse en caserne ou en grenier d'abondance la salle de spectacle. C'est à ne pas y croire, n'est-ce pas, Monsieur ? et c'est pourtant là la vérité.

L'exagération est de mode ; elle nous dominera bientôt, si nous ne nous hâtons pas d'aviser. Encore quelques années de cette indifférence que chacun a le droit d'interpréter à sa façon, et il ne sera plus temps,

— les faits parlent assez haut, — d'arrêter la décadence irrémédiable des Théâtres des Départements.

Depuis dix ans, MONSIEUR, j'appartiens à la presse militante. Ce que j'ai écrit dans les nombreux journaux qui ont bien voulu m'ouvrir leurs colonnes hospitalières constitue un assez lourd bagage, pour que je me recommande à vous de ce passé qui, s'il n'a pas toujours été brillant, a du moins été toujours honorable et bien employé. La publicité, qu'on me permette de le dire en passant, n'a pas été pour moi l'arme du scandale ou de la vengeance, le miroir séducteur par lequel je comptais accaparer des sympathies ou des postes honorifiques que je puis ardemment désirer, mais que je ne convoiterai jamais en dehors du droit chemin où je me suis engagé. Mes Confrères me rendent cette justice, que mon désintéressement est à la hauteur du zèle patient dont j'ai donné les preuves les plus évidentes. Souvent les résultats n'ont pas répondu à mon attente; quelquefois j'ai mal vu, mal jugé, mal compris même les questions qui occupaient ma plume de critique; mais ils savent avec quelle bonne foi, avec quelle impartialité j'ai traité tous les sujets proposés à mes patientes investigations.

Fort de ce passé et comptant beaucoup sur l'avenir,

je veux, Monsieur, vous répéter encore ce que j'ai eu l'honneur de vous écrire précédemment.

Puisqu'il est de notoriété que les Théâtres de la Province ont un besoin impérieux d'une réorganisation générale, pourquoi ne pas procéder avec le soin que commande le système encore en usage, qui laisse en une confusion jusqu'ici sans exemple nos Théâtres grands et petits ?

Messieurs les Préfets sont chargés, je le sais, de remplir ou de faire remplir des tableaux trimestriels portant des indications très-abrégées sur les Directeurs et les Artistes de leur département. Sur ces tableaux, il est un petit espace réservé aux observations que suggère à la haute compétence de ces honorables fonctionnaires le chapitre des appointements, des frais généraux et des recettes.

Mais ces notes, pour si excellentes que vous les teniez, Monsieur, pourront-elles être utilisées quand il aura été résolu que les modifications à apporter à l'économie artistique de la Province sont d'urgence ? Connaîtrez-vous les bons et les mauvais Artistes, les Directeurs dignes de l'appui et des encouragements de l'Administration, les Villes où prospèrent d'habitude les entreprises théâtrales, celles où, au contraire, la caisse municipale doît s'imposer de nouveaux sacrifices pour leur venir en aide ?

La vigilance de Messieurs les Préfets, pour si active qu'elle soit, ne peut être qu'inefficace quand elle s'exerce sur des affaires traitées en dehors de leur protection ou de leur contrôle. Malgré leurs efforts, ils ne répondront qu'imparfaitement à l'attente du Ministère de la Maison de l'Empereur et des Beaux-Arts ; leurs revues trimestrielles seront exactement expédiées de leurs bureaux, c'est évident ; mais je suis persuadé, cependant, que vous ne leur donnerez pas plus d'importance qu'elles n'en sauraient avoir. Elles exprimeront la pensée du premier fonctionnaire du département ; que de fois n'arrivera-t-il pas que l'opinion d'un seul sera en désaccord parfait avec celle du plus grand nombre ?

Entreprendrez-vous la réorganisation sur les indications sommaires fournies par Messieurs les Préfets ? S'il en pouvait être ainsi, y a-t-il témérité à vous dire que vous bâtiriez sur le sable, et qu'au premier souffle du vent votre château en Espagne disparaîtrait, comme ces fantômes drappés dans leurs linceuls que les pâles rayons de l'aurore matinale font remonter vers le pays d'où nous sont venues les histoires extraordinaires d'Edgard Poé, de Charles Nodier, de Gérard de Nerval.

Messieurs les Préfets sont chargés chacun de l'administration politique de leur département respectif. Le temps leur manque pour surveiller les rouages multiples et divers des Théâtres. Et puis encore, ne faut-il pas enfin des hommes spéciaux pour l'inspection attentive des affaires des Directeurs, pour porter une appréciation sur le talent et les progrès des Artistes?

Le Public prête inconsidérément son concours aux entreprises dramatiques. Il va sans tactique, sans prendre le mot d'ordre de personne. Tandis qu'il montre aujourd'hui de la constance dans ses goûts, demain nous le trouverons déserteur, sans drapeau et sans ligne de conduite arrêtée.

Quand il nous faut donner notre opinion sur des fluctuations aussi inopinées, quand notre devoir veut que nous jugions d'après leurs actes et leurs travaux spéciaux les Directeurs et les Artistes, les difficultés se pressent en foule de tous les côtés. Où est la vérité, où est l'erreur? Donc, et c'est par là que j'ai commencé, il reste prouvé que les bulletins envoyés au Ministère par les soins empressés de Messieurs les Préfets ne vous permettent pas d'établir une opinion définitive sur le plus ou moins de chances de salut qui restent encore aux Théâtres de la Province, et à ces nombreuses familles de Comédiens et d'honnêtes Ouvriers qui vivent de sa fortune et espèrent pour leurs vieux jours une honnête aisance de sa prospérité.

Quelles sont mes conclusions ? Les voici :

La France théâtrale, divisée en quatre grandes zones réglées par son Excellence le Ministre de la Maison de l'Empereur et des Beaux-Arts, aurait dans chacune d'elles un mandataire spécial nommé par Son Excellence, et chargé d'inspecter à des époques indéterminées les Scènes départementales comprises dans le rayon convenu. Ces mandataires choisiraient autant d'agents spéciaux que les besoins du service l'exigeraient.

Tous les mois, plus souvent même, les mandataires ou les agents *inspecteraient* les Théâtres de leur rayon, arrêteraient sur des feuilles disposées à cet usage les notes et les observations que Directeurs et Artistes auraient méritées.

Les caissiers des administrations théâtrales seraient tenus de faire connaître à l'agent de l'arrondissement théâtral le chiffre exact des recettes et des frais qu'entraînerait chaque représentation. Celui-ci aurait, à son tour, à transmettre au mandataire général de la circonscription les résultats hebdomadaires de l'entreprise près de laquelle il serait accrédité.

Dans la lettre que vous eûtes la bonté de m'écrire le 16 avril dernier, je trouve les lignes suivantes :

« Votre projet est loin de me paraître mauvais.

» Depuis six ans je demande la création d'Inspecteurs » des Théâtres des Départements sans pouvoir obtenir » des fonds pour les rétribuer.

» Je suis TOUT de votre avis en principe.

» Ce que j'approuve moins, c'est l'établissement de » correspondants non payés, ayant un titre administra-» tif, sans dépendre régulièrement de l'Administration.

» Nous avons besoin d'employés; mais, à leur défaut, » les conseils d'amis sont toujours très-bien reçus.

» Agréez, MONSIEUR, mes compliments empressés. »

» CAMILLE DOUCET. »

Les réflexions nécessairement abrégées que j'avais pris la liberté de vous soumettre, avaient été jugées sages et raisonnables de prime abord, puisque, sans être patronné auprès de vous par un des amis influents que j'ai l'honneur de compter dans les grands Corps de l'État, sans m'être recommandé de mes travaux, — un petit journaliste de Province marche dans l'archiconfrérie des oubliés de la Presse, — vous avez daigné approuver mon projet et déclarer que vous étiez TOUT de mon avis en principe.

Cette satisfaction accordée à mes efforts et à mes actives recherches était de nature à enhardir mon courage, puisqu'elle approuvait mes témérités. Je ne vous cache pas que j'aurais compté même sur une complète réussite, si votre lettre, datée du 20 avril, n'avait pas porté itérativement, pour le combattre, sur ce que j'appellerai le fond essentiel de mon système.

« Je doute », me disiez-vous, « qu'avant la réorgani-» sation à laquelle on travaille, des places d'Inspecteurs » puissent être créées pour les Théâtres de la Province. »

Votre conclusion est très-claire ; mais, pardonnez-moi ma rude franchise, je ne la tiens pas pour irrévocable, loin de là.

Et remarquez, Monsieur, que ce qui me fait croire

encore aux succès de mes idées, c'est précisément le peu de sérieuse attention que vous leur avez prêté jusqu'ici.

Je ne suis pas de ces visiteurs indiscrets que rien ne rebute. Aujourd'hui je me contente de retracer à larges traits devant vous, et pour vous surtout, les lignes principales de mes théories développées plus explicitement dans ma correspondance particulière, soit avec vous, MONSIEUR, soit avec des Auteurs et des Artistes dramatiques. Si les déductions naturelles de mon projet ne vous semblent pas admissibles ou plutôt réalisables, laissez tomber dans le panier aux oubliettes cette humble brochure, et qu'il en soit selon les hasards de notre commune destinée !

Quelques minutes de patience encore, et j'ai fini.

La question à vider, le point en litige n'est pas autre que celui-ci : Est-il possible d'établir « des correspondants non payés, ayant un titre administratif sans dépendre régulièrement de l'Administration ? »

D'après vous, la nomination des mandataires et des agents du Ministère de la Maison de l'Empereur et des Beaux-Arts ne sera possible qu'après la réorganisation.

D'après moi, — et par conséquent nous différons,

sans vous en douter, sur l'idée-mère du projet, — l'institution des Inspecteurs ne sera utile que si elle devance la réforme théâtrale annoncée et si elle la prépare.

Cette réforme, en effet, ne serait pas autre chose que le résumé, la synthèse syllogistique des documents précieux recueillis par vos mandataires. Ne s'en rapportant qu'à eux-mêmes ; ayant à porter une appréciation sur les aptitudes et les capacités d'hommes qu'ils auraient vus long-temps à l'œuvre ; ayant aussi à se prononcer sur des faits qui se seraient reproduits sans cesse sous leurs yeux ; indépendants par leur position sociale, zélés pour l'accomplissement de leur devoir, j'affirme et je soutiens que leurs services seraient très-utiles à la Division dont vous êtes le chef, Monsieur.

Et comment ne dépendraient-ils pas de l'Administration, comment pourraient-ils ne pas en dépendre, puisque c'est par l'Administration qu'ils seraient choisis, et que c'est avec l'Administration qu'ils auraient à entretenir les relations les plus actives et les plus étendues ?

Vous voulez des fonctionnaires directement en rapport avec le Pouvoir central, je le voudrais aussi ; mais nos désirs ne se réaliseront que le jour où Son Excel-

lence le Ministre affectera une somme relativement peu
importante, — portée au budget de son département, —
à la rémunération des quatre mandataires des grandes
circonscriptions, nommés par lui et immédiatement sous
ses ordres. Des agents, nous ne nous en occupons pas;
de même que dans toutes les sociétés littéraires artistiques ou autres chaque membre a sa part de labeur
à remplir, il ne serait que naturel que les mandataires
eussent aussi des correspondants actifs mais irrespon-
sables, pour la centralisation régulière des renseigne-
ments qu'ils auraient à grouper ultérieurement pour
vous les transmettre ensuite comme les pièces justi-
ficatives de leurs rapports.

La combinaison que j'ai l'honneur de vous soumettre,
Monsieur, aurait sans contredit sur celle actuellement
en usage, — et c'est une considération digne qu'on
s'y intéresse, — l'avantage incontestable de fournir à
l'Administration centrale des documents inédits et très-
impartiaux pour ceux qui travaillent avec vous à régle-
menter à nouveau les Théâtres de la France, Paris
excepté. Après un an, deux ans au plus, vous possé-
deriez dans vos cartons les relations les plus étendues,
les plus précises sur nos Scènes départementales. Vous

connaîtriez nos ressources, mais vous n'ignoreriez pas non plus quels sont nos besoins. Les Artistes de mérite qui sont impuissants à se faire rendre justice, trouveraient désormais en vous des protecteurs zélés. Ceux qui exerceraient honorablement la profession à laquelle ils se sont voués, vous les loueriez, vous les récompenseriez même. Pour eux, les obstacles contre lesquels ils viennent encore se briser, soit quand ils émettent des idées utiles, soit quand ils réclament, sans pouvoir l'obtenir, la bienveillance et l'attention à laquelle ils ont droit, ne se reproduiraient plus, grâce à la sage réglémentation approuvée par Son Excellence.

Mais, à côté de ces charges faciles et agréables qui incomberaient à vos mandataires et agents astreints par les lois immuables de leur conscience à rester toujours à la hauteur de leurs honorables fonctions, quels puissants auxiliaires ne seraient-ils pas aussi auprès de ces bons pères de famille qui craignent, non sans raison, pour la santé et l'avenir de leurs fils le dangereux prestige d'une ingénue plus habile dans l'art de la séduction que dans l'art du dialogue! L'Inspecteur des Théâtres, prévenu qu'une de ces femmes dangereuses engagée dans son arrondissement, par sa conduite scandaleuse et le dérèglement de ses dépenses, a porté un préjudice moral à son Directeur ou à toute autre personne, devrait en référer immédiatement au mandataire général, qui pourrait, au besoin, — en vertu des attributions et pouvoirs qui lui seraient confiés, — prononcer la révocation immédiate et ordonner le changement de la résidence.

Au contraire, quand un Artiste ignoré mais en possession de grands moyens viendrait à se produire, les agents s'empresseraient de le signaler à votre Division, qui, après avoir soumis à son contrôle l'avis du correspondant, favoriserait l'entrée de cet Artiste sur les Scènes subventionnées par le Gouvernement.

Pour tout dire, et c'est mon dernier mot, les Théâtres de la Province doivent exister en fait. Chacune de nos Scènes représente une entreprise aux résultats d'autant plus aléatoires que l'Administration en abandonne les destinées au hasard. Le temps est venu où il ne s'agit plus de discuter, mais d'exécuter. Exécutons ! mais procédons avec ordre et sans précipitation. Avec la précipitation rien n'est stable, parce qu'avec elle rien n'est solide.

C'est après avoir longuement étudié, et sur les lieux mêmes où ces abus se commettent, toutes ces choses dignes de votre intérêt, que je n'ai pas hésité à formuler mes plaintes et à rédiger cette brochure, qui aura atteint le but qu'elle se propose si elle captive votre haute et bienveillante attention sur un malade qui espère en vous et par vous.

Quoi que vous puissiez proposer à Son Excellence, quoi que vous décidiez vous-même,

MONSIEUR,

Veuillez agréer l'assurance de mon respectueux dévouement.

FERNAND LAGARRIGUE,
Rédacteur du journal l'*Aigle* de Toulouse, etc.

Béziers, 10 juillet 1863.

Messieurs les Rédacteurs de journaux qui voudront bien reproduire cette brochure, en publier des extraits ou lui consacrer une appréciation, sont instamment priés de me faire part de leurs observations, pour que je puisse les mettre à profit dans un travail plus étendu que je me propose de soumettre bientôt au Public.

Du même auteur.

***

Sous presse

A LA MÊME IMPRIMERIE :

DES MOZARABES D'ESPAGNE.

Une brochure de trois feuilles d'impression grand in-8º.

L'HISTOIRE DE L'ESCORIAL.

Traduction du grand ouvrage de Quevedo. Deux volumes grand in-18 jésus, d'environ 300 pages chacun.

En préparation :

LE JOURNAL DE MES JOURNAUX.

Critiques — Littérature — Beaux-Arts.

Un volume grand in-18 jésus, d'environ 400 pages.

***

Ces publications paraîtront dans le courant de l'année, ou, au plus tard, en 1864.

www.ingramcontent.com/pod-product-compliance
Lightning Source LLC
Chambersburg PA
CBHW061618180626
46818CB00005B/2126